Vente du 13 Mai 1892

GALERIE GEORGES PETIT

8, Rue de Sèze, 8

Tableaux Militaires

par

A. DE NEUVILLE ET ED. DETAILLE

Mᵉ Paul CHEVALLIER

COMMISSAIRE-PRISEUR

M. Georges PETIT

EXPERT

CATALOGUE

DE

TABLEAUX

MILITAIRES

Épisodes de la bataille de Champigny

PAR

A. DE NEUVILLE & ED. DETAILLE

PAYSAGES

(Champigny et ses environs)

Le tout provenant du Panorama de la rue de Berri

DONT LA VENTE AURA LIEU

A PARIS

Galerie Georges Petit, 8, rue de Sèze, 8

Le Vendredi 13 Mai 1892

à deux heures très précises

Par le ministère de Mᵉ PAUL CHEVALLIER, commissaire-priseur

10, rue de la Grange-Batelière, 10

Assisté de M. GEORGES PETIT, expert

12, rue Godot-de-Mauroi, 12

EXPOSITION
Le Jeudi 12 Mai 1892, de 1 heure à 6 heures
Et le Vendredi 13 Mai (jour de la vente), de 10 h. à midi

CONDITIONS DE LA VENTE

Elle sera faite au comptant.

Les acquéreurs payeront en sus des enchères *cinq pour cent*.

AVIS IMPORTANT

Les tableaux par A. De Neuville sont revêtus d'une estampille reproduisant sa signature en fac-similé.

Les tableaux par Ed. Detaille sont signés par le maître.

Paris. — Imp. de l'Art, E MÉNARD et Cie, 41, rue de la Victoire.

TABLEAUX MILITAIRES

A. DE NEUVILLE & ED. DETAILLE

1 — *Le Fond de la giberne.*

Le Fantassin blessé, par DE NEUVILLE

Le Clairon de mobiles, par DETAILLE.

Haut., 2 m. 93 cent.; larg., 2 m. 59 cent.

A. DE NEUVILLE

2 — *Une Sape à Champigny.*

Haut., 1 m. 76 cent.; larg., 2 m. 54 cent.

3 — *Mobile et Lignard.*

Haut., 89 cent.; larg., 92 cent.

4 — *Dans un jardin.*

> Haut., 3 m. 18 cent.: larg., 5 m. 8 cent.

5 — *Retour offensif.*

> Haut., 2 m. 73 cent.; larg., 1 m. 92 cent.

6 — *Embusqués.*

> Haut., 2 m. 42 cent.; larg., 2 m. 93 cent.

7 — *Hors de combat. (Allemands.)*

> Haut., 1 m. 36 cent.; larg., 2 m. 36 cent.

8 — *Hors de combat. (Mobiles.)*

> Haut., 2 m. 40 cent., larg., 4 m. 20 cent.

9 — *Soldat allemand mort.*

> Haut., 1 m. 39 cent.; larg., 1 mètre.

10 — *Le Four à chaux.*

> Cinquante Poméraniens du régiment n° 49 sont faits prisonniers.
>
> Haut., 5 m. 40 cent.; larg., 9 m. 16 cent,

11 — *Combat de la Plâtrière.*

Mort du capitaine-adjudant-major Forest-Defaye.

Haut., 6 m. 50 cent.; larg., 7 m. 25 cent.

12 — *Au pied du poteau.*

Haut., 2 m. 90 cent.; larg., 1 m. 72 cent.

13 — *Sac et Bidon.*

Haut., 96 cent.; larg., 1 m. 40 cent.

ED. DETAILLE

14 — *Dans le chemin creux.*

Haut., 2 m. 7 cent.; larg., 2 m. 85 cent.

15 — *Des tirailleurs du 122ᵉ repoussent des Poméraniens.*

Haut., 2 m. 86 cent.; larg., 5 m. 28 cent.

16 — *Soldat. (Mobile tué.)*

Haut., 75 cent.; larg., 1 m. 10 cent.

17 — *Allant au feu.* (N° 1.)

> Haut., 2 m. 32 cent.; larg., 2 m. 30 cent.

18 — *Allant au feu.* (N° 2.)

> Haut., 2 m. 58 cent.; larg., 2 m. 21 cent.

19 — *Mobiles morts.*

> Haut., 1 m. 65 cent.; larg., 3 m. 3 cent.

20 — *Mort du colonel de la Monneraye, du 122ᵉ.*

> Haut., 1 m. 36 cent.; larg., 2 m. 43 cent.

21 — *Prisonniers allemands.*

> Haut., 3 m. 38 cent.; larg., 4 m. 54 cent.

22 — *Sous le feu de l'ennemi.*

> Haut., 1 m. 78 cent.; larg., 3 m. 80 cent.

23 — *Dans le ravin.*

> Haut., 1 m. 64 cent.; larg., 4 m. 60 cent.

24 — *Les Brancardiers.*

> Haut., 3 m. 2 cent.; larg., 4 m. 58 cent.

25 — *Allant au feu.* (N° 3.)

> Haut., 1 m. 60 cent.; larg., 3 mètres.

26 — *Mobiles de la Côte-d'Or et d'Ille-et-Vilaine, tués.* (N° 1.)

> Haut., 2 m. 17 cent.; larg., 2 m. 73 cent.

27 — *La Batterie Blanche.*

> Le général Ducrot, commandant en chef, et le général Frébault.
> Dans l'état-major du général Ducrot : le général Appert, les colonels Warnet et Maillart, le commandant Franceschi.

> Haut., 2 m. 15 cent.; larg., 3 m. 25 cent.

28 — *Mobiles de la Côte-d'Or et d'Ille-et-Vilaine, tués.* (N° 2.)

> Haut., 1 m. 36 cent.; larg., 3 m. 24 cent.

29 — *Charrette attelée d'un cheval blanc.*

> Haut., 2 m. 53 cent.; larg., 2 m. 25 cent.

30 — *Les Frères de la doctrine chrétienne relèvent les blessés.*

> Haut., 2 mètres; larg., 3 m. 78 cent.

31 — *Deux Mobiles, tués.*

> Haut., 1 m. 11 cent.; larg., 2 m. 60 cent.

32 — *Transport de blessés.*

> Haut., 2 m. 2 cent.; larg., 3 m. 86 cent.

33 — *Un Mobile, mort.*

> Haut., 1 mètre ; larg., 2 mètres.

PAYSAGES

34 — *Troupes de réserve.*

Haut., 2 m. 70 cent.; larg., 1 m. 98 cent.

35 — *Champigny.* (N° 1.)

Haut., 2 m. 48 cent.; larg., 1 m. 44 cent.

36 — *Champigny.* (N° 2.)

Haut., 2 m. 40 cent.; larg., 2 m. 75 cent.

37 — *Champigny.* (N° 3.)

Haut., 3 m. 14 cent ; larg., 1 m. 52 cent.

38 — *Champigny.* (N° 4.)

Haut., 2 m. 80 cent.; larg., 2 m. 60 cent.

39 — *Dans un bois.*

Haut., 1 m. 9 cent.; larg., 1 m. 80 cent,

40 — *Hauteurs de Cœuilly.* (N° 1.)

Haut., 3 m. 5 cent.; larg., 1 m. 45 cent.

41 — *Hauteurs de Cœuilly.* (N° 2.)

Haut., 3 m. 3 cent.; larg., 1 m. 93 cent.

42 — *Clocher de Champigny.*

Haut., 3 mètres; larg., 4 m. 10 cent.